171.

공모 교장제도가 임용 교장제도보다 절대 낫지 않다.

그 학교가 그 학교이고, 그런 학교에서 성장한 교원인데 특별함을 기대할 수 있겠나?

공모 교장을 지정받아 추진해보면 제도의 취약성이 그대로 드러난다.

우리 수준을 그대로 드러내는 취약성이다.

172.

교사는 학생보다 먼저 준비해서 기다려야 한다.
기본인데도 잘 지켜지지 않는다.

173.

현실을 받아들이면서 개선하려는 실천이 학교를 바꾼다.

174.

그 학생만 영악하다.

그 학부모만 상식 이하다.

그 교사만 이상하다.

그 교감만 나쁘다.

한 사람만으로 전체를 판단하지 않는다.

175.

어느 교수, 어느 교육학자의 말을 잘 차용하는 교원이 교육 전문가가 아니다.

지식과 경험으로 뚜렷한 교육철학을 가진 교원이 전문가다.

어느 교수, 어느 교육학자 앞에서 주눅 들지 마라.

교원의 실천하는 삶은 그들과 비교해서 절대 뒤지지 않는다.

176.

 수업을 잘하는 교감보다 마음 편히 특별휴가나 휴직을
신청할 수 있도록 기간제 교원을 잘 채용하는 교감이 능
력자다.

 대다수의 교사는 교감이 자기 교실에서 수업하는 것을
달가워하지 않는다.

177.

수업하기 싫어서 승진했다는 소리는 하지 마라.

설령 그렇다고 하더라도 그런 소리는 하지 마라.

수업하기 싫으면 교사를 그만둬야지.

그런 마음으로 어떻게 교사에게 수업 조언을 할 수 있겠나?

그러면서 "나 때는 말이야~"를 연발하나?

178.

교사 시절에 수업 제대로 하지 않고 교감이 되었다고, 교사들이 수업을 제대로 하지 않을 것이라고 함부로 의심하지 마라.

비난받아야 할 사람은 당신이다.

179.

교사 체질이 아니라고 당당하게 말하면서 학생들을 등한
시하지 마라.

교사 체질이 아니면 교사를 그만둬야지, 왜 애먼 학생들
을 괴롭히나?

부끄러운 줄 모르고 교사 체질이 아니라고 당당하게 말
하는 것을 보니 역시 교사 체질 아니다. 그만둬라.

아니면 월급 받는 만큼이라도 학생들에게 부끄럽지 않게
노력해라.

180.

학교에서 배우는 지식은 대입을 위한 도구만이 아니다.

대입을 위한 도구로만 생각하여 지식이 필요 없다고 한다.

다만 지식을 쌓는 방법과 과정이 학생들을 지식으로부터 멀어지지 않도록 해야 한다.

지식은 인간 성장을 위해 꼭 필요하다.

181.

인간의 뇌를 컴퓨터 CPU와 저장장치에 비교하면 안 된다.

인간은 뇌를 통해 공부하는 과정과 축적된 지식으로 성장하고 성숙하지만, 컴퓨터는 인간에 의한 알고리즘을 따른다.

지식이 필요할 때마다 컴퓨터로 검색하면 된다며 암기할 필요가 없다는 주장은 인간의 역사를 부정하는 주장이다.

182.

교감이 되고 나면 생각한 것보다 교직원들과 대화할 시간이 없다.

그래서 그들은 나의 삶과 생각을 잘 모른다.

오히려 다양한 소문으로 판단한다.

현재 내가 추구하는 삶을 알리려면 외모로 드러내야 한다.

머리부터 발끝까지 의도적으로 꾸며야 한다.

사람들은 이미지로 판단한다.

183.

내용과 정신이 공유되어 다양한 형식으로 나타나는 것
이 일반화인데 형식을 지나치게 강요하여 내용과 정신은
사그라들고 교육의 질은 떨어진다.

184.

 학생들은 사용한 공간의 청소와 정리정돈은 스스로 할
줄 알아야 한다.

 학생들은 잃어버린 물건을 당연히 찾아야 한다.

 그런 교육을 강조하는 교사를 인권침해, 아동학대 운운
하며 협박하지 마라.

 자기 주변 정리가 안 되는 학생이 어디 가서 인정받고,
자기 물건 아까워하지 않는 학생이 부모님의 바람대로 부
자가 되겠나?

185.

더 할 말이 있는데 그 말이 그 말이라서 그만 쓴다.

긍정의 학교, 상생의 학교를 만들기 위해서 어두운 말들로 드러냈다.

비난과 비판의 목적보다 선한 학교 변화를 기대하며 썼다.

학생들의 올바른 성장과 발달이 목적이다.

아름다울 때
아른거릴 때

소중한 마음을 담아…

_____ 님께

_____ 드림

_____ 년 _____ 월 _____ 일

아름다울 때 아른거릴 때

초판 1쇄 인쇄   2016년 8월 31일
초판 1쇄 발행   2016년 9월 5일

지은이   한 그 림
그린이   이 유 현
펴낸이   손 형 국
펴낸곳   (주)북랩
출판등록   2004. 12. 1(제2012-000051호)
주소   서울시 금천구 가산디지털 1로 168, 우림라이온스밸리 B동 B113, 114호
홈페이지   www.book.co.kr
전화번호   (02)2026-5777
팩스   (02)2026-5747

ISBN   979-11-5987-213-6 03810(종이책)
           979-11-5987-214-3 05810(전자책)

이 도서의 국립중앙도서관 출판예정도서목록(CIP)은 서지정보유통지원시스템 홈페이지(http://seoji.nl.go.kr)와
국가자료공동목록시스템(http://www.nl.go.kr/kolisnet)에서 이용하실 수 있습니다.
(CIP제어번호 : CIP2016020845)

성공한 사람들은 예외없이 기개가 남다르다고 합니다.
어려움에도 꺾이지 않았던 당신의 의기를 책에 담아보지 않으시렵니까?
책으로 펴내고 싶은 원고를 메일(book@book.co.kr)로 보내주세요.
성공출판의 파트너 북랩이 함께하겠습니다.

아름다울 때
아른거릴 때

글 한그림
그림 이유현

보람은 *바*람으로

밤을 새는 게 익숙하다. 새벽에 라디오에서 만나는 DJ들은 이제 친구 같다. 가끔 외로운 맘에 문자를 보내면 간혹 내 얘기를 읽어 주거나 원하는 노래를 들려 준다. 다음 생이라면 가능할지 모르나, 아침형 인간은 글러먹은 나는 또 밤을 홀딱 새워 미루고 미룬 작업을 이뤄낸다. 새벽에 들리는 애국가愛國歌는 유난히 길고 길다.

성인成人이 된 이후로 이름보다 '선생님', 혹은 '쌤'이라는 호칭으로 많이 불렸다. 이름값이라도 하고 싶어서 종종 아이들, 학생들, 제자들, 혹은 내 새끼들이라 일컫는 이들에게 좋은 얘기를 해 주려고 나름 노력한다. 한번은 보고 싶다고 찾아온 녀석이 제법 무거운 질문을 던졌다.

"선생님, 제가 잘 살고 있는지 아닌지 어떻게 알 수 있어요?"

이런 뜬금없는 질문을 받을 때면 선생님들을 위한 질의응답대백과사전 같은 거라도 만들어 놓으면 좋겠다고 생각한다. "글쎄….."라는 말로 운을 띄고 잠시 고민하다가 입을 열었다.

"1년 전, 혹은 2년 전, 그것도 아니면 3년 전의 너를 떠올려 봐. 그때보다 지금이 더 나은 것 같으면 잘 살고 있는 거야."

저런 질문에 완벽한 정답이 어디 있을까? 나 역시 그냥 떠오르는 말을 내뱉었을 뿐인데 녀석은 꽤 만족滿足하는 듯 고개를 끄덕였다. 그 표정에 나도 만족했는지 1년 전, 2년 전, 3년 전 내 모습을 떠올려 봤다. 나는 그때보다 지금 더 안정적으로 일을 하고 있고, 대학원 석사를 수료했고, 또 새로운 도전을 준비하고 있다. 많은 사람들을 만났고, 너무나 좋은 사람과 함께하고 있다. 나도 나름 잘 살고 있는 것 같아 뿌듯한 마음이 들었다.

"막연하게 큰 꿈을 꾸는 것도 좋지만, 하루하루 보람을 느끼면서 살아. 그것들이 쌓이면 바람이 이루어지는 거니까."

보람과 바람이란 운율韻律에 맞춘 단어의 조합組合으로 마무리했다. 그러면서 오늘을 되돌아본다. 나는 오늘 하루 보람을 느꼈는가? 느낀 것 같다. 하지만 많지는 않다. 그러면서 또 반성反省을 한다.

이번에 쓴 네 번째 감성시집 '아름다울 때 아른거릴 때'는 보람을 느낌과 동시에 반성을 하게 되는 책이기도 하다. 적당히 부지런하고 적당히 게으른 중에 60편의 시를 완성해서 옮기기까지 적지 않은 시간이 걸렸다. 늘 마지막에 머리말을 쓸 때면 지난 집필執筆과정을 돌아보는데, 뿌듯함도 있고 부끄러움도 있다. 어쨌거나 힘든 여정旅程을 마치고 드디어 앞서 나온 책들과 나란히 꽂힐 책을 생각하니 만감萬感이 교차한다.

역시 이번에도 고맙고 미안한 사람들 이야기를 하지 않을 수 없다. 늘 응원해 주는 가족들과 친구들, 같이 일하는 선생님들, 교수님들을 비롯한 학교 은사님들, 대학원 동기들, 교회에서 혹은 학원에서 선생님이라 부르는 귀하디귀한 내 새끼들, 그리고 매일매일 보람을 느끼게 해 주는 사람…. 심지어 자주 가는 단골가게 사장님들에게도, 또 선생님의 무리한 부탁에도 흔쾌히 그림을 그려 준 유현이한테도 잊지 않고 마음을 전한다.

올해 여름은 너무 덥다. 열대야 덕분에 깊게 잠들지 못한 밤이 많아 밤중에 작업한 기억이 많다. 열대야가 끝날 때쯤 원고 작업도 마치게 되어 앞으로 당분간 평온平穩하게 잠들 수 있을 것 같다. 훗날 버스나 전철에서 누군가 내 책을 읽는 모습을 보게 된다면, 그보다 책을 쓴 보람을 느낄 때가 없을 것 같다. 이 책을 읽는 모두가 보람이 쌓여 더 큰 바람을 이루길 바라고 기도한다.

2016년 여름, 허구한 날 기록적인 더위라 떠들어대는 밤에
졸린 눈을 비비며 지은이 씀.

차례

첫 번째 이야기
같은 시간

빈 숲속의 이야기를 나누며
아름답고 푸른 도나우강을 바라보다.
그대 손을 잡고 왈츠에 취하고 싶어라.

첫 이별

하루만 미뤄도 될까요?
우리 오늘 이별하기엔
하늘은 너무 푸르고
햇살이 너무 눈부셔요.

조금만 미뤄도 될까요?
우리 지금 이별하기엔
당신은 너무 아름답고
나는 너무 눈물이 나요.

예전엔 미처 몰랐던 것들.
네가 그렇게 예쁜지 몰랐어.
네가 그렇게 착한지 몰랐어.
네가 그렇게 좋은지 몰랐어.

지금에서야 겨우 깨달은 것들.
너는 한없이 아름답고,
너는 한없이 사랑스럽네.
너를 다시 볼 수 있다면 한이 없겠네.

자주 틀리는 맞춤법

바람과 바램.

너에 대한
바람이 바랬다.

로맨틱 피아노

슬픔에 고별하고
달빛 아래 비창을 놓아두라.
그대는 나를 위로하는 소나타.

빈 숲속의 이야기를 나누며
아름답고 푸른 도나우강을 바라보다,
그대 손을 잡고 왈츠에 취하고 싶어라.

시들지 않는 꽃

이름 모를 꽃을 찍어
당신에게 보내 드립니다.

꽃 이름을 모른다고
아름다움도 모르겠습니까?

당신을 다 알지 못한다고
내 마음마저 모르겠습니까?

쓰리고 아리는 바람

네 눈빛과 말투,
네가 너무 차가운 바람에
내 심장이 얼어붙는다.

찬바람이 날카로워
마음이 베인 듯 아프다.

내일은 행복한 바람만 불었으면….
바람은 말 그대로 바라는 것이니까.

기념일에 받은 선물

이렇게 좋은 날,
이토록 좋은 너.

지나간 과거는 역사history라 하고,
다가올 미래는 신비mystery라 하고,

현재는 신이 주신 선물present이라는데,
난 너라는 선물을 하나 더 받았다.

안 좋아요

그 사람 글과 사진에
네가 누른 '좋아요'

나는 그게 너무나 '싫어요'
하루 종일 신경 쓰여서 '미쳐요'
말도 안 되는 소리 '닥쳐요'
자꾸 이럴 거면 '꺼져요'

그놈의 파란 엄지를 부러뜨릴라!

해 지고 간 천국天國

밤늦게 배가 고파서
생각 없이 찾아간 김밥가게.
그리고 그곳에서 만난 너.

김밥이 나오기도 전에
나는 이미 배가 불렀고,
그곳은 정말 천국이었네.

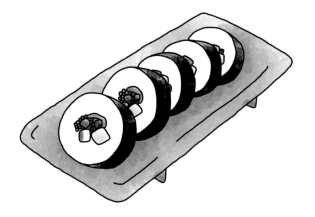

요즘 나는 네가

거슬려.
신경 쓰이고
눈에 자꾸 밟혀.
막 생각나고,
아무것도 못 하게 되고,
짜증나 죽겠네!

그립고,
얼굴 보고 싶고,
목소리 듣고 싶고,
짜증나 죽을 것 같아!

아마
사랑하나 보다.

같은 공간

연한 꽃잎은 진한 향기를 남기고
우리네 가슴에
설레는 씨 하나를 뿌려 줍니다.

줄다리기는 당기기

사랑은 줄다리기 같아서
서로의 줄이 너무 길면
한 쪽에서만 아무리 당겨도
쉽게 거리가 좁혀지지 않아.

그러다 지쳐서 멈춰 버리고,
다른 한 쪽이 줄을 당기면
처음보다 더 많이 당겨야 하지.

둘의 거리를 빨리 좁히려면
서로가 함께 당기면 되는 거야.

그러니 밀지 말고 당기기만 해.

눈이 녹으면 물이 된다

밤새

눈이 펑펑.
눈물이 펑펑.

겨울에 피는 꽃

숨 막히게 무더운
여름날의 날씨도
겨울이 깊어지면
그리울 날이 오겠지.

난 항상 너를 그리는
겨울에 살아.

벽과 선

처음에 우리는
서로의 벽을 허물었다.
나는 너에게 갔고,
너는 나에게 왔다.

시간이 지나고
우리는 늦게 깨달았다.
벽은 사라져도
지켜야 할 선이 있었음을.

지금 우리 사이엔
커다란 방벽이 생겼다.

몰라

너 때문에
내가 살 수 있는지
죽을 것 같은지 몰라.

너 때문에
내가 무엇이든 할 수 있는지
아무것도 할 수 없는지 몰라.

너 때문에
내가 웃는지
우는지 몰라.

너 때문에
내가 강해지는지
약해지는지 몰라.

너 때문에
내가 기쁜지 슬픈지,
즐거운지 괴로운지,
또 행복한지 불행한지 몰라.

너를
내가 사랑하는지
사랑했는지 몰라.

미련未練하게 미려美麗하게

나붓이
내려앉은 깃털 하나,

미려히
하늘 향해 오르다가,

애달피
그 꿈 이루지 못하고,

기묘히
내 맘 속을 헤엄치다.

행복의 기준

먹고 싶은 게 있음 먹고,
보고 싶은 게 있음 보고,
하고 싶은 게 있음 하고,
이러면 나름 행복한 거 아냐?

맞다, 네가 없지!

오늘을 살아

오늘까지만 너를 사랑하고
내일부터 너를 잊으려 했는데,

눈 떠 보니
다시 또 오늘이야!

꽃, 그대

박하꽃 한 송이
그대 다가와 닿기도 전에
향기로 먼저 다가가
그대 미소에 말을 건넵니다.

지금 여기는
그대 발걸음이 닿은 기적의 때와 곳.
나는 기꺼운 맘으로
내 꽃과 잎을 드리렵니다.

연한 꽃잎은 진한 향기를 남기고
우리네 가슴에
설레는 씨 하나를 뿌려 줍니다.

시, 그대

사랑은 떠나고 시만 남았더라.

이름 하나 지우면 되는데,
하다못해 이름 뒤에
하트 하나 지우면 되는데,
차마 그걸 못 하겠더라.

그리고 5월 28일은
마냥 맑았더라.

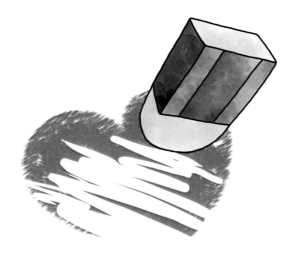

세 번째 이야기
너와 내가 만나

달빛 맞은 소녀는
온기와 향기를 남기고 떠나고
난 홀로 그 뒷모습을 그려요.

하늘을 나는 오리배

임시공휴일,
우리가 함께 찾은 한강 공원.

진달래, 개나리,
또 벚꽃도 예뻤지만
너와 걷는 길은 다 꽃길이었어.

하늘을 지붕 삼아
우리가 함께 탄 오리배.
내 맘은 구름보다 높게 떠올라
물 위를 떠다니는지,
하늘 위를 떠다니는지.

마음 속 수채화

이슬비 담은 맑고 흐린 색으로,
또 투명하고 희미한 색으로
밑그림을 그리고,

은하수 담은 어둡고 밝은 색으로,
또 불그스름하고 푸르스름한 색으로
그림을 색칠하면,

영겁이 지나도
지워지거나 바래지 않는
그대라는 그림 완성!

네가 꿈꿀 때 난 너를 꿈꿔

이른 아침에 눈을 뜰 때,
늦은 밤에 다시 눈을 감을 때,
나는 너를 기억하고 상상해.

지는 해와 뜨는 달을 바라보며
오늘 하루 만족한다면 아마
행복한 꿈을 선물 받겠지?

선물을 고를 수 있다면
망설임 없이 너를 부를 거야!
나타나라, 오늘도 내 꿈에!

항상恒常

넌 가끔 머리를 묶고,
넌 가끔 안경을 쓰고,
넌 가끔 치마를 입지.

근데 넌 항상 사랑스러워.

스티커

빵을 먹고 남은 스티커,
무심한 척 네게 건넨다.
너는 고맙다는 말과 함께
스마트폰에, 노트북에 스티커를 붙인다.

스티커가 붙어 있던 종이에
보이지 않게 적은 내 마음은
그냥 버려진다.
보이지 않길 바랐으면서도
서운한 내 마음.

혹시 얼굴?

네가 똑똑한 사람이 좋다 그래서
내가 얼마나 책을 많이 읽었는데….

네가 튼튼한 사람이 좋다 그래서
내가 얼마나 운동을 많이 했는데….

근데 도대체 너는
그 무식하고 허약해 보이는
그 사람 앞에서 왜 웃고 있는 거니?

알려 주면
내가 더 잘할 텐데….

워워_게 같은

가슴에 가시가 너무 많다.
성게처럼.

마음에 멍이 너무 많다.
멍게처럼.

아파서 앞으로 갈 수가 없다.
꽃게처럼.

이런 게 같은.

워워_이런 신발

짚신도 짝이 있다는데.

나는 휴일이나 기념일이나
비 내리는 날이나 눈 내리는 밤이나
짝짝이 신발이네.

이런 신발!

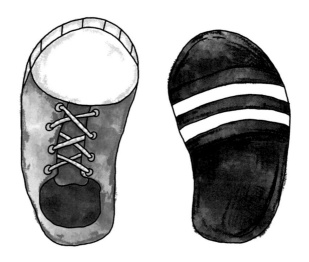

달빛 맞은 소녀

칠흑이 머무는 밤,
소녀는 홀로 숲으로 나와
꽃 내음과 과일 향을 맡으며
자리를 잡고 앉아요.

어둠이 그 얼굴을 가리고
정적은 그 목소리를 감추지만
난 그 소녀를 알아요.

희미하게 물소리가 들리고
달빛을 맞은 소녀의 뒷모습은
달보다 환하고 따스하죠.

칠흑이 머무는 밤,
달빛 맞은 소녀는
온기와 향기를 남기고 떠나고
난 홀로 그 뒷모습을 그려요.

이어폰

잠들기 전
라디오나 TV 대신
이어폰을 너한테 연결하고
네 목소리에 취해 잠들고 싶다.

그럼 꿈에서 또 만나겠지?

네 번째 이야기

우리가 된 것은

신비하고 오묘한 마법,
사랑이란 말은
세상을 아름답게 바꾸는 주문.

보물 같은 사람

나를 즐겁게 하는
밤에 듣는 라디오와 함께 읽는 책,
간혹 연주하는 기타와 가끔 하는 게임,
퇴근하고 먹는 늦은 저녁, 또 아이스크림,
혼자 보는 조조영화와 심야영화,
쉬는 날 보는 라디오스타, 런닝맨, 무한도전.

나를 기쁘게 하는
반갑고 고마운 안부, 설레고 떨리는 연락,
책상 앞에 달아 놓은 소중한 편지들,
방 여기저기 있는 귀중한 선물들,
아이유 달콤한 노래들과 어여쁜 사진들,
늦은 밤 이어폰 꽂고 동네 공원에서의 산보.

나를 사랑하게 하는
교회 · 학원 아이들과 선생님들,
친한 친구들, 그리고 형 · 누나 · 동생들과의 만남,
친절히 맞아 주시는 순대국 아주머니와 따님,
늘 좋은 편의점 점장님과 서비스 많이 주시는 호프 사장님,
그리고 무엇보다 당신이라는 사람.

고양이 카페

고양이가 있는 카페에서

너는 고양이 이름을 부르며
예쁘다, 예쁘다 쓰다듬었지.

나는 속으로 네 이름을 부르며
예쁘다, 예쁘다 새겨두었네.

심장은 원래

너와 있을 때면

내 눈도 하트,
내 입술도 하트,
내 콧구멍도 하트,
내 심장도 하트.

아! 심장은 원래 하트구나!

널 만날 핑계

영화 보러 가자.
맛집 갔다가 카페 갈까?
삼겹살 먹을까?
아니면 치킨은 어때?

사실은
보고 싶은 영화도 없고,
맛집도 카페도 상관없고,
삼겹살이나 치킨도 알 게 뭐야?

그냥 네가 좋아서 그런 걸.

키위가 망고를 만난 날

승강기 앞에 멍하니 서서 하릴없는 기다림.
오르내리는 숫자를 보며 나 홀로 쓸쓸한 복도.

아래층에서 들려오는 문 열리는 소리가 들리고
익숙한 목소리에, 또 발소리에 드디어 버튼을 누른다.

여닫는 문 사이로 보이는 얼굴.
"안녕?" 하고 인사했으면 좋으련만, 또 머뭇거린다.

은연중에 눈빛과 고개로만 인사를 전하고
이어지는 우리의 대화는 어색한 침묵.

현기증과 수전증, 뛰는 심장을 참아내며
무슨 말을 어떻게 할까 고민하고 또 고민한다.

진땀을 흘리며 준비한 말을 건네려는 순간
그 애가 돌아보며 묻는다. "어디 가?"

"혜… 혜화역… 대학로…!"
그냥 생각나는 곳을 말했는데 또 묻는다. "왜?"

"령화, 아니 영화, 아니 아니 연극 보러…!"
둘러댄 말에 그 애는 "재밌겠다! 나중에 같이 가자!"

수없이 연습했던 말들은 하지 못하고
뒷모습을 바라보다 다시 집으로 향하는 발걸음.

빈 승강기에 오르고 나니 아련한 너의 향기.
설렘 가득, 떨림 가득 끝없이 오르는 승강기.

신비神秘하고 오묘奧妙한

윤색하고 단장하고
거울 앞에 서서
가장 예쁜 미소를 짓는다.

종이꽃 한 송이를 곱게 접어
가슴 한 편에 품고
너를 만나러 가는 길.

신비하고 오묘한 마법,
사랑이란 말은
세상을 아름답게 바꾸는 주문.

최면에 걸린 듯
그냥 너를 떠올리면
마냥 피어나는 행복.

고이 건넨 종이꽃은
비로소 너를 만나
향기를 가득 품는다.

닭? 달걀?

꽃이
아름답기에 향기롭던가,
향기롭기에 아름답던가.

아름답고도 향기롭기에
꽃이었던가.

깨서 꾸는 꿈

그냥 너 자는 모습을 보면서
천사가 잠들었나 생각했어.
그 천사가 내 사람이란 게
신기하고 믿겨지지 않아서,
꿈인지 생시인지
몇 번이고 볼을 꼬집어 봤어.

잠든 건 넌데
꿈꾸고 있는 건 나였어.

아름다울 때 아른거릴 때

아련히 스쳐가는 추억의 조각.
추억이라 부르기엔 무척이나 쓰라린
슬프고 아픈 기억의 반복.

이리도 사무치게 괴로움이 파고들도록
왜 나는 너를 묶은 끈을 놓지 못할까.
왜 너는 내 가슴에서 떠나지 못할까.

유리 같은 너라서 조심히 다루었는데
산산이 깨지고 부서지고,
그 조각에 비친 눈물 흘리는 나.

이별한 지 오래,
사랑한 지는 더 오래.
왜 소중한 건 잃고 나서야 깨닫는지.
기억이나 할까 너는.
우리가 처음 마주한 날,
수줍게 마음을 전한 밤,
그리고 사랑했던 때를….

지금 널 다시 만난다면
나는 또 사랑할 수 있을까.
그 끝이 허무하고 무상하게
아리고 쓰린 이별인 걸 알아도,
모든 가시를 품고
너를 견뎌낼 수 있을까.

은연중에 나도 모르게 찾은 곳에는
(금세 잊었다 생각해서 찾은 곳에는)
다시금 아른거리는 너의 모습.
그때는 아름다울 때,
지금은 아른거릴 때.
그래서 아직은
너를 지울 수 없는 나.

만우절萬愚節

만우절의 농담인양 건넨 고백은
보통은 거의 진담이라는데.

장난이라도 누가 나한테
그런 설레는 거짓말을 해 준다면,

모르는 척 기분 좋게 속아 주면서
더 떨리는 고백을 선물해야지.

94

다섯 번째 이야기

기적이었을까

나의 나 된 것과
우리의 우리 된 것 모두
하나님의 은혜로 말미암은 것입니다.

적당히 좀 물어 봐라

결혼할 사람 있니?
— 아직요.

연애는 많이 해 봤니?
— 별로요.

이런저런 사람 만나 봐야 결혼을 하지!
— 진짜 사랑을 만나면 연습은 필요 없어요!

은밀히 행하시는 하나님.
당신은 우리가 서로를 알기 전부터
우연이란 이름으로
우리 만남을 이끄셨습니다.

준비하시고 이루시는 주님.
당신은 우리가 작은 것을 구할 때
귀담아 들으시고
더 큰 것을 예비하셨습니다.

혜풍이 삭풍으로 바뀔 때마다
우리는 당신의 숨결을 느꼈고,
꽃과 나무가 제때 옷을 갈아입을 때면
당신의 손길을 느낄 수가 있었습니다.

영광 중 영광이요,
평화 중 평화로다.
이 세상 모든 것을 지으신 분께서
우리 사랑도 아름답게 완성해 주셨기에.

* 이 시를 친애하는 은준이와 혜영이 부부에게 드립니다.

루비 鏤毘

홍보석이 단단하고 빛이 난들
우리 믿음보다 굳건하지 못하고
우리 소망보다 반짝이지 않는데
하물며 우리 사랑보다 붉으렵니까?

석양이 진다 해도 두렵지 않음은
어둠을 뚫고 우리가 함께 맞이할
여명이 더 눈부신 까닭입니다.

하나님이 짝지어 주신 것을
사람이 나누지 못할지니,

나의 나 된 것과
우리의 우리 된 것 또한
하나님의 은혜로 말미암은 것입니다.

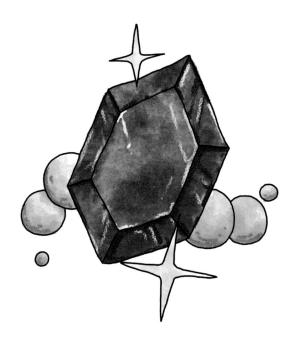

* 이 시를 친애하는 홍석이와 하나 부부에게 드립니다.

우리의 기원冀願

예감은 신망을 담은 알림.
우리는 우리라는 이름을 쓰기 전부터
서로에 대한 믿음과 바람으로
이미 사랑을 예감했습니다.

슬플 땐 같이 노래를 들어요.
외로이 흘리는 눈물도
당신이 있기에 가치가 있습니다.

기쁠 땐 함께 노래를 불러요.
기꺼이 흘리는 웃음도
당신이 없으면 의미가 없습니다.

운명의 수레바퀴는 스스로 굴러가지 않는 것.
또 혼자서는 움직일 수 없는 것.
우리라는 이름으로 끝까지 흘러가는 것.
그것이 너와 내가 우리를 예감한 까닭입니다.

* 이 시를 친애하는 이예슬님과 김기운님에게 드립니다.

오월의 정원庭園

정원의 꽃들이
입은 색에 따라,
또 그 향기에 따라
봄 · 여름 · 가을 · 겨울이 오고가는데,

다섯 번째 계절은
그대로부터 다가왔습니다.

영혼의 완성은
처음부터 준비된 게 아니라,
또 홀로 만드는 게 아니라
함께여야만 이룰 수 있다는데,

박약했던 내 영혼은
그대가 다듬어 주었습니다.

병들거나 늙어서
그대 아름다움이 지워진들
내 마음마저 지울 수 있겠습니까?

현재 꿈꾸는 그림과
미래 그려지는 그림이 달라진대도,
우리가 결국에 완성하는 그림은
다섯 번째 계절에 피어나는
가장 아름다운 영혼의 꽃입니다.

* 이 시를 친애하는 다영이와 박병현님 부부에게 드립니다.

유월의 나비와 꽃

나비가 꽃을 찾지 못하고
꽃이 나비를 만나기 전에는

호젓한 삶의 기로에서
나는 혼자 선택하고
걸어가고 뛰어가고
또 넘어지고 일어서고.

석양이 아련히 질 무렵
꺼지는 빛에도 눈이 부셔
나는 홀로 울었네.

이제는 내가
믿음, 소망, 사랑 중에
제일을 얻었으니,

기쁨이 더 기쁘고
슬픔이 덜 슬프고
우리 가는 길은
꽃과 꿀이 넘치겠네.

숙녀의 노래는 끝이 없고
신사의 이야기는 한이 없으니,
두 사람을 맞이할 천사들은
가장 예쁘고 멋진 그림이어라.

* 이 시를 친애하는 나 강도사님과 기숙이 부부에게 드립니다.

칠월의 연緣

강물이 바다로 흐른다지만
같은 곳으로 흐르지 않고,
달과 별이 밤하늘을 비춘다지만
같은 때에 빛나지 않네.

연이라는 것은
신과 자연만이 알고 감추는 것.
사람들에겐
드러날 때까지 비밀인 것.

민들레는 때를 알고
홀씨 되어 날아가고,
수선화도 곳을 알고
한 자리를 지키거늘,

장성한 연인들은
서로 사랑하고 아끼며
하나님 말씀 기다리다가,

훈훈한 선남선녀, 신의 뜻으로 맺어지니,
가까이서 바라보며 머물던 이들에겐
기적보다 더 기적 같은 신의 섭리여라.

* 이 시를 친애하는 연민이와 훈이 부부에게 드립니다.

팔월의 닮음

선물 같은
늘 새로운 설렘을
선물하는 사람.

행복 같은
함께하면 마냥 좋고
행복한 사람.

금은보화를 다 준대도 바꾸지 않음은
난 그대라는 선물로
이미 행복한 까닭입니다.

최고의 것을 주지는 못하지만
최선의 것을 주려
힘쓰는 사람.

원하던 모습은 아니었지만
더 좋은 모습이 되려
애쓰는 사람.

준비되지 않았음에도 겁내지 않음은
우리는 서로의 것을 담으며
서로의 모습을 닮아가기 때문입니다.

* 이 시를 친애하는 행금이와 최원준님 부부에게 드립니다.

구월의 성의誠意

심장이 뛰고 멎는 것조차
스스로 할 수 없거늘
하물며 사랑이야 오죽하겠습니까?

성인이 되어 이루는 만남도
우리의 의지를 인도함은
기묘한 신의 섭리로부터 온 것입니다.

현재는 신께서 허락하신 선물,
어제와 내일도 오늘의 또 다른 이름이기에
나는 오늘을 누리며
기뻐하고 기도하며 감사를 드립니다.

한 송이 국화꽃을 피우기 위해
봄부터 소쩍새는 그렇게 울고
천둥은 먹구름 속에서 또 그렇게 울었거늘,

송두리 서로에게 주고받는 만남을 위해
신께서는 우리의 발걸음을 이끌고
서로가 닿은 순간 우리 마음을 합하셨습니다.

이제는 하나에 하나를 더하여
더 크고 값진 하나를 이루고자 하니,
이는 태초부터 계획된 신의 뜻 위에
우리의 아름다운 의지를 더함입니다.

* 이 시를 친애하는 심성현님과 한송이님 부부에게 드립니다.

시월의 이름

김 서린 유리창에
내 이름을 적는다.
그러다 지워지고.

재차 김 서리면
또 내 이름을 적는다.
그러다 또 지워지고.

만남과 헤어짐의 연속에서
그대라는 인연은
내겐 절대 지워지지 않을 이름.

이제는 유리창에
내 이름만 말고
그대 이름을 적는다.

은은한 밤하늘을 배경 삼아
함께이기에 끝까지 지워지지 않을
우리 이름을 적는다.

솔잎이 모두 지는 날이 와도
별빛이 모두 지는 밤이 와도
절대 지워지지 않을 이름.
이제 유리창에
내 이름 그리고 그대 이름.

* 이 시를 친애하는 재만이와 이은솔님 부부에게 드립니다.

마지막 이야기

운명이었을까

떠올려 보니 나는
병에 걸린 순간부터
약에 중독돼 있었다.

혼자 놀기

밥도 혼자 먹어 봤고,
카페도 혼자 가 봤고,
술도 혼자 마셔 봤고,
영화도 혼자 본 적 있지만,
사랑은 혼자 못 하겠더라.

너는 향기보다 향기롭다

너를 만나고
함께 밥을 먹고
함께 차를 마시고.

너를 안고
함께 미소를 짓고
함께 말을 나누고.

너를 보내고
혼자 길에 서서
혼자 손을 흔들고.

그리고 내게 남은 연한 향수 냄새.
네가 떠나고도 네가 남았다.

오늘 같은 밤

아니라고 되뇌고
계속해서 나를 속이다가
떠나보낸 후 알게 되었다.

내가 너를 사랑하는구나.
나 빼고 모두가 알고 있었다.

나그랑과 단가라

서로 빨간 티를 입고
우리는 빨간 짬뽕을 나누고,

빨간 편지지에 쓴 편지를
빨간 봉투에 넣어 건넸다.

너를 보내면서 웃고 있었지만
네가 사라지고 내 눈은 빨개졌다.

20xx.00.00

행복의 씨

꽃, 별, 사람….
사소하지만
사소하지 않은 것들.

행복은 그런 것들로부터.

화분花盆

선물로 받은 화분에 꽃이 피었다.
꽃에 네 이름을 붙여 주었다.

꽃을 더 자주 보고 아끼게 된다.
시들지 마라, 꽃도 내 마음도.

사람 아닌 사랑

아는 여동생이 그러더라.

오빠! 나는 정말
잘생기고 키 크고
똑똑하고 착하고
능력 있는 남자 만날 거야.

어디 얼마나 대단한 사람 만나나 보자!
하고 생각했다.

얼마 후 여동생이 데려온 남자는
얼굴이나 키나 모든 게 다 별로였다.

왜 그런 남자를 만나니?
물었더니 여동생의 대답은
몰라, 오빠. 그냥 그 사람이 좋은 걸.

너도 드디어 사람이 아닌 사랑을 만났구나.

빈말

빈말이라도 듣고 싶었죠.

당신은 내게
고맙다는 말, 미안하다는 말은
수도 없이 했지만

사랑한다는 말은 없었죠.

부작용副作用

세월이 약이라지만
너무 많은 약을 먹었다.

면역이 됐는지
더는 약을 먹어도 낫지를 않는다.

지독하게 파고드는 기억,
외로움과 그리움의 앨러지.

떠올려 보니 나는
병에 걸린 순간부터
약에 중독돼 있었다.

좋더라.
별거 아닌 걸로도 네가 먼저 연락할 때,
사람 많은 곳에서 네가 팔짱을 낄 때.

좋더라.
영화 보면서 네가 내 어깨 기대 잠들 때,
어깨 감촉, 머리 향기, 감긴 눈마저도.
재미없는 영화도 가끔 봐야겠다고 생각할 정도로
너무 좋더라.

변하고 변하지 않는

잘 지내요? 또 모처럼 안부를 물어요. 지금은 모두가 잠든 깊은 밤이에요. 적막이 싫어서 벗 삼은 라디오에선 'Once upon a dream' 이라는 노래가 흘러나와요. 예전에 뮤지컬에서 들었던 곡이죠. 제목 그대로 당신 모습은 꿈속에서 본 것처럼 아름답고 아련하게 아른거리네요.

날씨가 잔인하리만큼 덥고 또 더워요. 지난겨울엔 추위에 잔뜩 몸을 웅크리고 빨리 밤에도 맘껏 돌아다닐 수 있는 여름을 기다렸는데, 지금은 또 어느덧 차라리 누군가의 온기가 고맙게 느껴지는 가을과 겨울을 기다려요. 참 사람은 쉽게 변하고 쉽게 잊는 것 같아요. 그래도 나에겐 변하지 않고 잊히지 않는 것들도 있답니다.

요즘엔 너무나도 바쁘게 살고 있어요. 일하랴, 공부하랴, 그리고 또 다른 꿈들을 준비하랴…. 진짜로 몸이 열 개라면 너무 좋을 것 같다는 생각을 하고 또 하죠. 그래도 나는 지금 꽤 행복하게 잘 지내고 있어요. 좋아하는 일을 하고 있고, 좋아하는 공부를 하고 있고, 또 주변에는 너무도 좋은 사람들이 있어요. 생각해 보면 나는 지금껏 항상 행복에 머물렀던 것 같아요. 당신 때문에 행복했던 일들도 많았죠. 그리고 지금도 종종 그때 그 추억을 들춰 보며 익숙한 행복에 젖어들곤 한답니다.

당신은 어떻게 지내고 있나요? 무슨 일을 하고 있어요? 어디에 살고 어디를 주로 다니나요? 혹시 지금 좋은 사람이 옆에 있나요? 답장이 없을 편지에 익숙하면서도 혹시 모를 기별이라도 있을까 기대하면서 안부를 물어요. 내가 사랑했던 모든 사람들은 그냥 진심으로 나처럼, 아니 나보다 더 잘 지냈으면 하는 바람이 있어요. 당신도 부디 그 바람에 맞게 웃어 주길 바라요.

당신은 지금 어떻게 또 얼마나 변했나요? 머리는 어떨지, 화장은 어떨지, 옷차림이나 액세서리, 또 말투나 표정은 어떨지 궁금해요. 떠올려 보니 지금 질문들은 이전에도 비슷하게 물었던 것들이네요. 나는 많이 변했어요. 근데 거의 안 변했어요. 사람이 변한다는 기준을 어디에 둬야 할지 모르겠지만, 나는 예전에 당신이 알던 그 사람과는 전혀 다른 사람이면서 그 사람 그대로에요. 우리가 마주친다면 서로를 못 알아보고 지나치진 않겠죠? 다만 반가운 미소로 안부를 물으며 각자의 옛 모습을 기억하기엔 충분할 거예요. 나는 딱 그만큼 변하고 변하지 않았어요.

좋아하는 만화에 이런 명대사가 있죠. "사람이 언제 죽는다고 생각하나? 심장이 총알을 꿰뚫었을 때? 아니. 불치의 병에 걸렸을 때? 아니. 맹독 버섯 스프를 마셨을 때? 아니야! 사람들에게 잊혀졌을 때다." 많이 들어 본 대사고 익숙한 말이죠? 우리가 서로 불치병에 걸려 언제 죽을지 모르는 가운데 있는 건 아니지만, 모든 사람들이 완전히 잊었을 때가 누군가의 진정한 죽음이라면 당신은 절대 죽지 않을 거예요. 내가 언제까지고 기억하고 기억할 테니까. 우리 꼭 살아서 만나 서로의 얼굴을 기억해요.

무슨 말을 또 꺼낼까 고민했는데 벌써 이만큼이나 썼네요. 벌써라 말하기엔 라디오 DJ들이 두세 번은 바뀌고 밖에서는 슬슬 밝은 어둠이 찾아오고 있어요. 그래도 이걸 마치고 나면 오랜만에 편안하고 깊은 잠에 빠질 수 있을 것 같아요. 당신은 지금 깊이 잠들어 있겠죠? 너무 이른 인사지만 잘 자고 좋은 꿈에 머물기를 바라요. 이제 슬슬 마무리할게요. 늘 하는 말이지만, 언제 어디서나 건강하고 행복하기를 기도해요. 나는 지금 아주 건강하고 행복하답니다. 예전처럼, 그리고 앞으로도. 안녕.

2016년 여름, 이른 새벽에 잠들지 못하고
꿈꾸는 사람이….

마음을 그리는 **편지**

to.

☐ ☐ ☐ ☐ ☐

from.

☐ ☐ ☐ ☐ ☐

ps.